威利在哪裡？這本書屬於：

_____

_____

嘿！威利迷們，這五位勇敢的旅行家出現在每一幅場景裡。你能找到他們嗎？

奧德　白鬍子巫師　溫達　汪汪　威利

在每一幅場景裡，這些旅行家還掉了一些重要的東西，你也能找出它們嗎？

威利的鑰匙　汪汪的骨頭　溫達的照相機

白鬍子巫師的神祕卷軸　奧德的望遠鏡

獻給我的父母

威利在哪裡？
穿越時空之旅

文‧圖｜馬丁‧韓福特 Martin Handford
譯者｜黃筱茵
責任編輯｜熊君君　協力編輯｜吳映青
美術設計｜蕭雅慧　行銷企劃｜魏君蓉、高嘉吟

天下雜誌創辦人｜殷允芃　董事長兼執行長｜何琦瑜
媒體暨產品事業群
總經理｜游玉雪　副總經理｜林彥傑　總編輯｜林欣靜　副總監｜蔡忠琦　版權主任｜何晨瑋、黃微真

出版者｜親子天下股份有限公司　地址｜台北市 104 建國北路一段 96 號 4 樓
電話｜（02）2509-2800　傳真｜（02）2509-2462　網址｜www.parenting.com.tw
讀者服務專線｜（02）2662-0332　傳真｜（02）2662-6048
客服信箱｜parenting@cw.com.tw　週一～週五：09:00~17:30
法律顧問｜台英國際商務法律事務所‧羅明通律師
總經銷｜大和圖書有限公司　電話｜（02）8990-2588

出版日期｜2014 年 10 月第一版第一次印行
2024 年 7 月第二版第十次印行
定價｜350 元　書號｜BKKTA031P
ISBN｜978-986-93179-5-5（平裝）

———————— 訂購服務 ————————
親子天下 Shopping｜shopping.parenting.com.tw
海外‧大量訂購｜parenting@cw.com.tw
書香花園｜台北市建國北路二段 6 巷 11 號
電話｜（02）2506-1635
劃撥帳號｜50331356 親子天下股份有限公司

立即購買 >

WHERE'S WALLY?

威利在哪裡？

穿越時空之旅

馬丁·韓福特 著
Martin Handford

黃筱茵 譯

這是一本豐富得不得了，又趣味十足的書。我們從石器時代開始

吧！這地方有好多原始人、原始狗，還有各種非常凶猛的野獸喔。

嗨！書蟲們！

歷史故事真是太神奇了！讀這些記載遠古世界的書，就像乘坐一台時光機一樣。你們也來試試看吧！你們得到每一幅場景裡找到我、小狗汪汪（記得喔，你只看得到牠的尾巴而已）、溫達、白鬍子巫師，還有奧德。然後，找出我的鑰匙、汪汪的骨頭（在這個場景中，是最靠近牠尾巴的那根骨頭）、溫達的照相機、白鬍子巫師的神祕卷軸，還有奧德的望遠鏡。

另外，書裡還有二十五個穿著打扮很像我的威利迷，每個人在這趟旅程中都會出現一次，找出他們吧！還有一件事：有一個神祕夥伴，他（她）在每一幅場景裡都有出現喔！你有辦法找到他（她）嗎？

威利

古埃及
金字塔之謎

4578
年前

古埃及人非常聰明，他們喜歡山羊、貓和獅身人面像，還建造了金字塔。他們利用精湛的技術和勤奮的工作，在沙漠裡建造了巨大奇觀。這也讓幾百年來的人們對這些金字塔始終很好奇。建造的目的是什麼？它們的尺寸為什麼要這麼巨大？為什麼是這種形狀？下面是不是埋了法老王？即便到現在，這些巨大的遺跡還是讓我們感到嘆為觀止呢！

2000 年前

古羅馬的娛樂和競賽

羅馬人花了很多的時間在打鬥、征戰、學拉丁文和開馬路。他們放假時會在競技場（古代的遊樂場）觀賞競賽。他們最喜愛的競賽項目是搏鬥、戰車比賽，以及拿基督徒去餵獅子。當群眾對搏鬥賽的選手比出拇指向下的手勢，就表示要勝利者殺了對手；如果比出拇指向上的手勢，就表示要饒了對手，改天再來決一死戰。

和維京人
出海冒險

1003 年前

維京人在家時很文靜，他們喜歡編織、吃乳酪，還有做一些同樣乏味的事。不過只要一出海，他們就變得十分狂野。他們會戴上最好的牛角帽，航海穿越大洋，一路瘋狂的又歌唱又吼叫。如果聽見他們的聲音，最好趕快逃得遠遠的，因為一旦等他們上岸、拿出斧頭，可就擋也擋不住了。

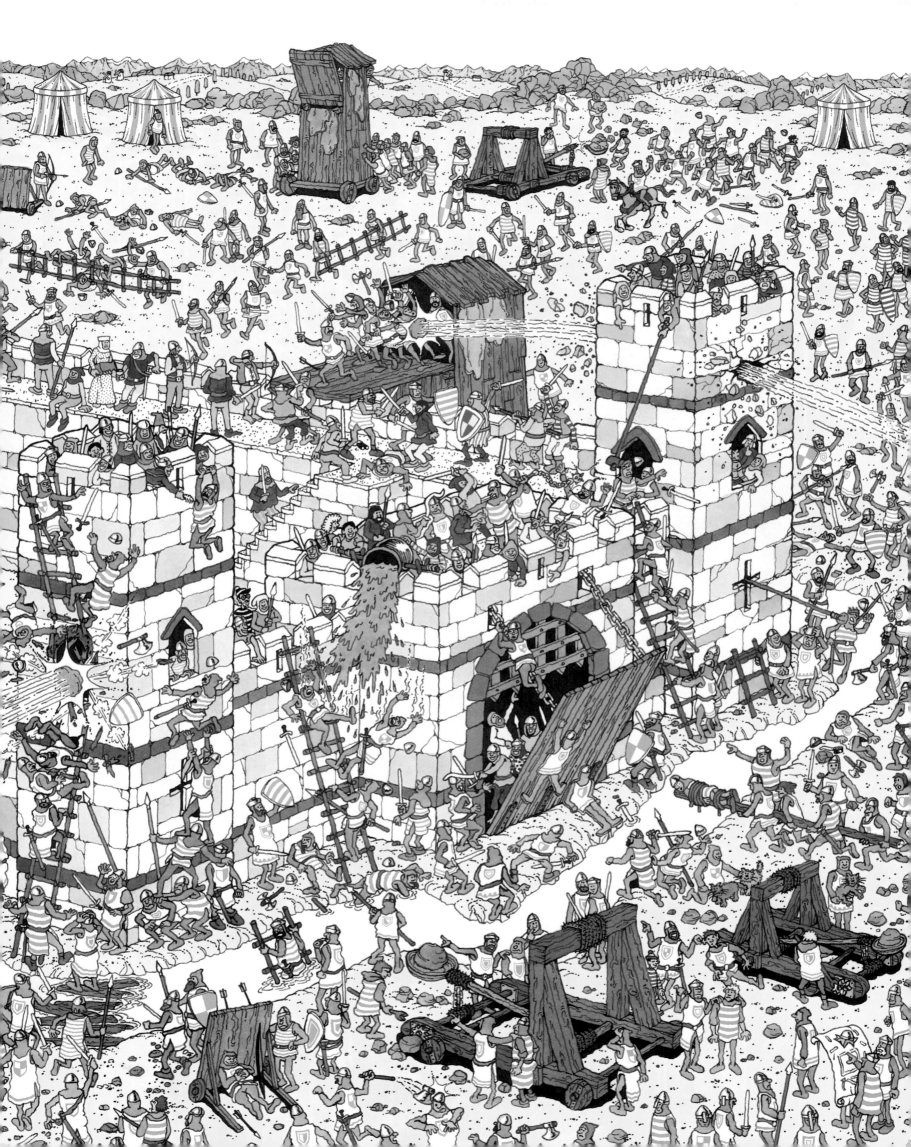

很久很久以前
一個星期六的早上

600 年前

中世紀的人生活得無憂無慮，尤其是星期六。男士們流行穿著短衫和條紋緊身褲，每個人都很會講笑話。到處都是雜耍、比武、射箭的人，大家會互相開開玩笑，做些有趣的事。不過，如果你惹上麻煩的話，可就一點兒也不好玩了。犯罪的人會被綁在樹上、或戴上枷鎖，對他們來說，星期六早上可不是什麼好玩的日子。

171185 天以前

阿兹特克帝國 的末日

阿兹特克人住在陽光明媚的墨西哥，生活很富裕。他們身體強壯，喜歡從一根杆子盪到另一根杆子，假想自己是老鷹。他們還喜歡拿活人當作祭品，所以你最好同意他們所說的每一句話！當時的西班牙也很富強。不過，當阿兹提克人和西班牙人相遇時，他們在很多事情上會有不同的意見。

日本武士時代的戰亂

400 年前

紅色比藍色好嗎？你說你寫櫻花的詩比我的好？我們要不要再來一杯茶呢？為了這些「困難」的問題，日本人激烈的爭吵了好幾百年。在所有的戰士中，最勇敢的就是武士，他們的背上插著旗子，好讓他們的媽媽找得到他們。另外，沒有插旗、拿著長槍的是步兵，他們跟武士一樣不能接受別人開玩笑，尤其是關於沒有君主旗幟的笑話。

250 年前
做個海盜！
（嚇到你了吧！）

當海盜真是太有趣了！如果你有裝義肢、瞎了一隻眼睛、戴著大頭巾、有一頂內側繡有你名字的海盜帽、握有藏寶圖，以及鏽蝕的短劍，就可以為你添加傳奇的光彩。以前曾經存在過許多海盜，不過最後都消失了，因為他們大部分都是男人。看來，海盜全部都是男人，也不是個好主意！

100 多年以前

法國巴黎

法國歷史上發生過一些非常糟糕的事，比如法國大革命時，有許多人被推上斷頭台砍掉了頭；不過，法國歷史上也有許多好事，比如發明了美味的乳酪。1870 年，法國人為了慶祝法蘭西第三共和國的成立，在巴黎舉辦一場很棒的

的狂歡舞會

舞會。所有的俊男美女們都來了，他們隨著音樂跳了一整晚的舞。

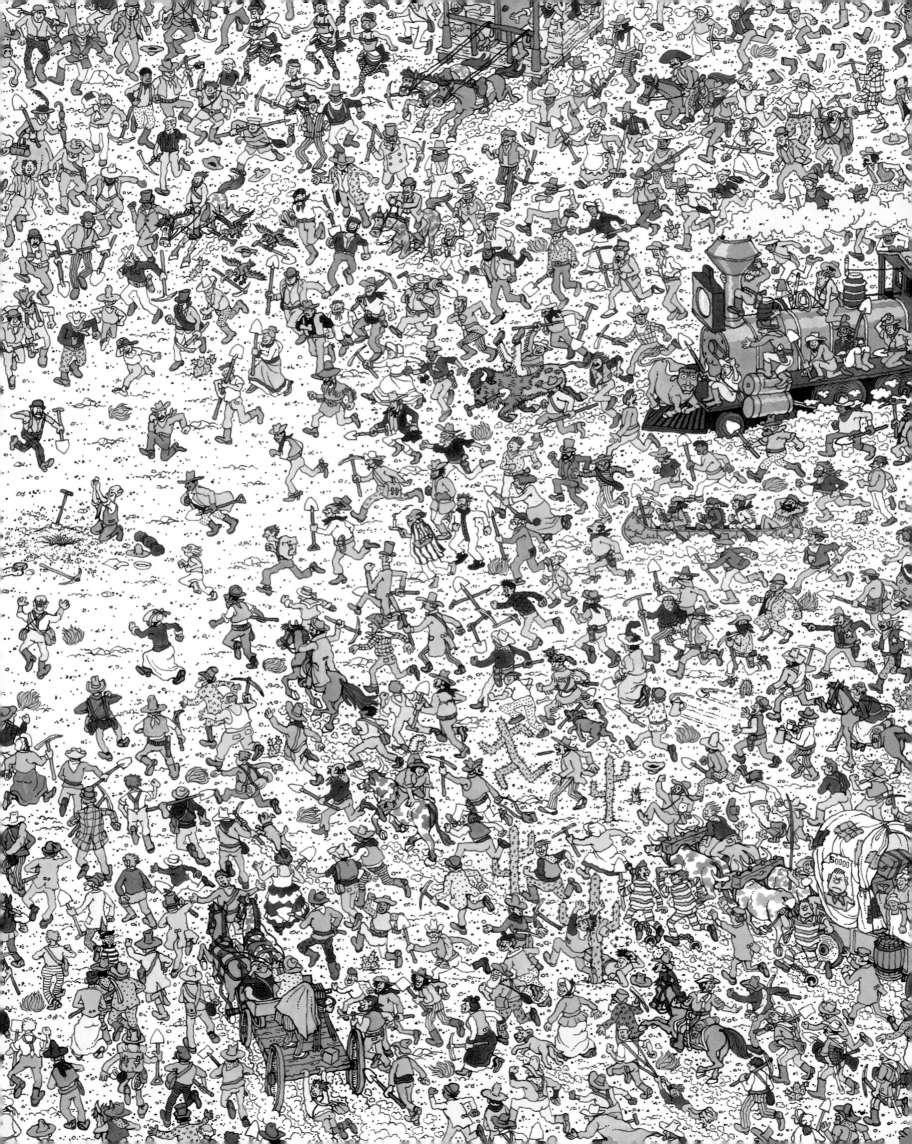

「威利在哪裡？穿越時空之旅」尋找任務
還有上百個東西，等你找出來喔！

石器時代

- 4 個盪樹藤盪出意外的原始人
- 被斧頭砸到的人
- 大發明──輪子
- 石器時代的馬術表演
- 4 隻野豬在追 1 個原始人
- 6 個原始人在追 1 隻野豬
- 浪漫的男原始人和女原始人們
- 噴水的長毛象
- 7 條魚
- 一群正在想辦法捕熊的人
- 河裡的長毛象
- 水果攤
- 橫衝直撞的毛絨絨犀牛
- 一大群遮遮掩掩的人
- 用鼻子拔樹的長毛象
- 棒球比賽中被擊倒在地的那些人
- 石窟壁畫展
- 被五花大綁的野豬
- 趾高氣昂的狗
- 一群小孩正在上認識恐龍的課
- 邋遢的一家人
- 幾個拿著危險長矛的漁夫

古羅馬的娛樂和競賽

- 把戰車弄丟的戰車駕駛
- 2 個競技場清潔工
- 不公平的長矛比賽
- 快被偷襲的優勝者
- 很懂餐桌禮儀的獅子
- 裝著長刀的輪子
- 在逗 2 隻小獅子的人
- 4 面和主人相配的盾牌
- 獅子金字塔
- 獅子們作出拇指向下的手勢
- 1 隻豹追趕著穿豹皮的人
- 騎在別人背上打人的人
- 糟糕的樂師
- 被三頭叉刺到屁股的倒楣鬼
- 駕車的馬
- 戀愛中的豹
- 一直在算數的羅馬人
- 掉了鞋子的格鬥者

城堡大混戰

- 6 個穿紅鞋的抵禦者
- 發射台上的男人
- 1 座人橋
- 1 把搆不到的鑰匙
- 瓶中信
- 一大鍋滾燙的油
- 被綁在破城槌上的人
- 1 個被劍尖擊中的士兵
- 潑了一大鍋洗衣服的水的人
- 抓住 1 個士兵手臂的 2 隻手
- 擺錯方向的投石器
- 一大堆灑射下來的長矛
- 1 個躲起來呼呼大睡的士兵
- 1 個過短的梯子
- 被壓扁的士兵們
- 有表情的石頭
- 一群制服顏色錯誤的十字軍
- 被用羽毛搔癢的十字軍

古埃及金字塔之謎

- 1 個在選擇石棺的法老王
- 上下顛倒的石棺
- 5 位扮成神的模特兒
- 1 個在壁畫上油漆的小男孩
- 1 個穿戴紅色披風的人
- 1 個失去戰車的競技騎士
- 一群在壁畫裡搬運壁畫的人
- 違反地心引力的石頭
- 6 個試圖推動大石塊的工人
- 2 個正在攪拌油漆的助手
- 從樹上掉下來的棗子
- 口渴的人面獅身像
- 急衝而下的大石塊
- 9 面盾牌
- 1 個在吹號角的人
- 從壁畫裡射出的箭
- 3 個運水工人
- 2 個做日光浴的人有危險了
- 擠羊奶擠得一團糟的人
- 1 個很開心的被人撫摸的寵物
- 沙堆成的小金字塔

和維京人出海冒險

- 幾個在沙灘上像小孩子一樣玩耍的維京人
- 2 座正在談戀愛的船頭像
- 被當作棍棒的人
- 哭泣的綿羊
- 2 個躲在矮樹叢後面的傻瓜
- 快樂的船頭像
- 被踩到鬍子的維京人
- 被當作頭盔裝飾的老鷹
- 割破船帆的水手
- 全副武裝的維京人
- 一對穿補丁裝的情侶
- 3 根被劍砍斷的矛
- 屁股著火的人
- 1 艘彎曲的船
- 3 座受到驚嚇的船頭像
- 打結的牛角帽
- 結了蜘蛛網的牛角帽
- 煙形成的牛角帽
- 鬥牛

很久很久以前，一個星期六的早上

- 一大盆髒水
- 老是射不中靶的弓箭手們
- 倒著騎馬的長矛騎兵
- 狗想抓貓，貓想抓小鳥
- 偷成一排的扒手隊伍
- 技術不佳的騎士
- 逗熊跳舞的人
- 逗人跳舞的熊
- 打結的帽子
- 偷蔬菜水果的小偷
- 1 個騎士親吻淑女的手
- 耍瓶子特技的小丑
- 從屋頂上倒下的酒被人喝個正著
- 背了超重東西的動物
- 大鐮刀砍斷 2 頂帽子
- 生氣的魚
- 搔癢的酷刑
- 演奏很難聽的四人樂隊

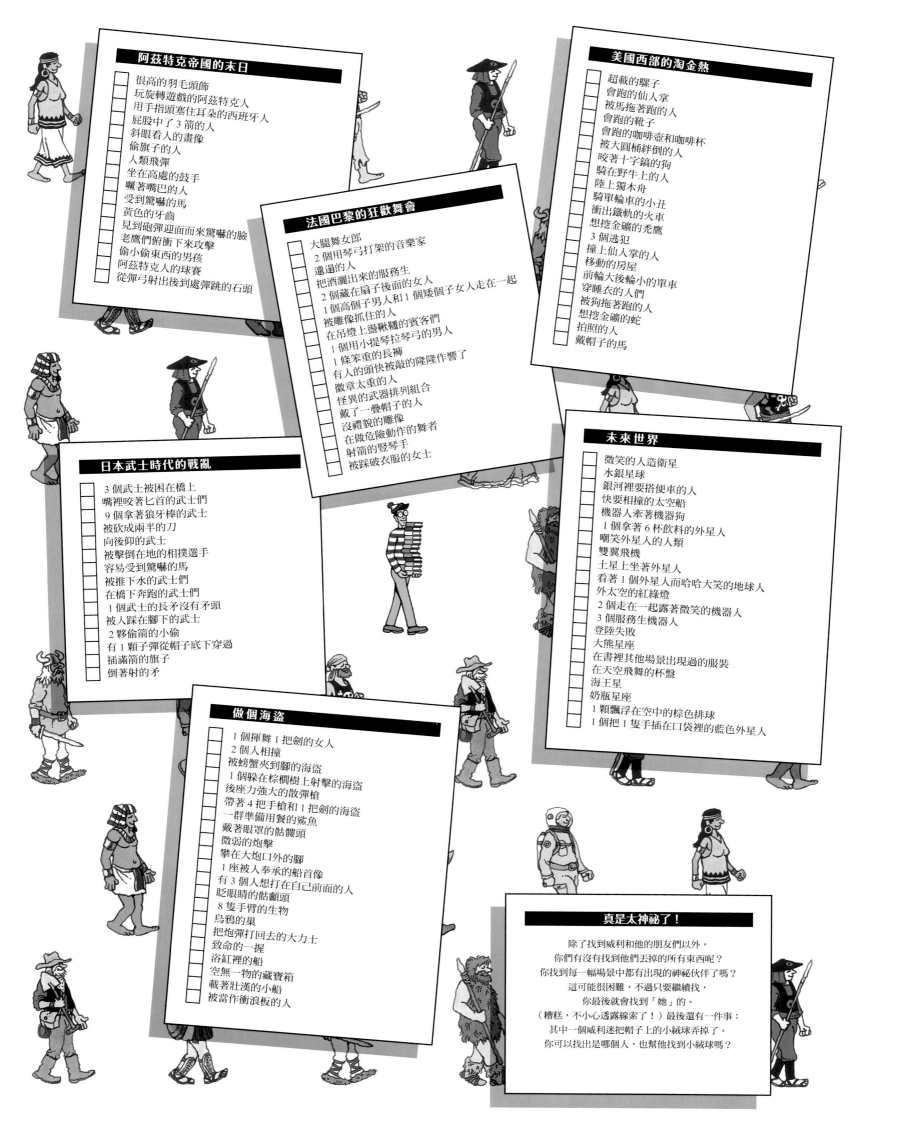

阿茲特克帝國的末日

- [ ] 很高的羽毛頭飾
- [ ] 玩旋轉遊戲的阿茲特克人
- [ ] 用手指頭塞住耳朵的西班牙人
- [ ] 屁股中了3箭的人
- [ ] 斜眼看人的畫像
- [ ] 偷旗子的人
- [ ] 人類飛彈
- [ ] 坐在高處的鼓手
- [ ] 噘著嘴巴的人
- [ ] 受到驚嚇的馬
- [ ] 黃色的牙齒
- [ ] 見到砲彈迎面而來驚嚇的臉
- [ ] 老鷹們俯衝下來攻擊
- [ ] 偷小偷東西的男孩
- [ ] 阿茲特克人的球賽
- [ ] 從彈弓射出後到處彈跳的石頭

法國巴黎的狂歡舞會

- [ ] 大腿舞女郎
- [ ] 2個用琴弓打架的音樂家
- [ ] 邋遢的人
- [ ] 把酒灑出來的服務生
- [ ] 2個藏在扇子後面的女人
- [ ] 1個高個子男人和1個矮個子女人走在一起
- [ ] 被雕像抓住的人
- [ ] 在吊燈上盪鞦韆的賓客們
- [ ] 1個用小提琴拉琴弓的男人
- [ ] 1條笨重的長褲
- [ ] 有人的頭快被敲的隆隆作響了
- [ ] 徽章太重的人
- [ ] 怪異的武器排列組合
- [ ] 戴了一疊帽子的人
- [ ] 沒禮貌的雕像
- [ ] 在做危險動作的舞者
- [ ] 射箭的豎琴手
- [ ] 被踩破衣服的女士

美國西部的淘金熱

- [ ] 超載的騾子
- [ ] 會跑的仙人掌
- [ ] 被馬拖著跑的人
- [ ] 會跑的靴子
- [ ] 會跑的咖啡壺和咖啡杯
- [ ] 被大圓桶絆倒的人
- [ ] 咬著十字鎬的狗
- [ ] 騎在野牛上的人
- [ ] 陸上獨木舟
- [ ] 騎單輪車的小丑
- [ ] 衝出鐵軌的火車
- [ ] 想挖金礦的禿鷹
- [ ] 3個逃犯
- [ ] 撞上仙人掌的人
- [ ] 移動的房屋
- [ ] 前輪大後輪小的單車
- [ ] 穿睡衣的人們
- [ ] 被狗拖著跑的人
- [ ] 想挖金礦的蛇
- [ ] 拍照的人
- [ ] 戴帽子的馬

日本武士時代的戰亂

- [ ] 3個武士被困在橋上
- [ ] 嘴裡咬著匕首的武士們
- [ ] 9個拿著狼牙棒的武士
- [ ] 被砍成兩半的刀
- [ ] 向後仰的武士
- [ ] 被擊倒在地的相撲選手
- [ ] 容易受到驚嚇的馬
- [ ] 被推下水的武士們
- [ ] 在橋下奔跑的武士們
- [ ] 1個武士的長矛沒有矛頭
- [ ] 被人踩在腳下的武士
- [ ] 2夥偷箭的小偷
- [ ] 有1顆子彈從帽子底下穿過
- [ ] 插滿箭的旗子
- [ ] 倒著射的矛

未來世界

- [ ] 微笑的人造衛星
- [ ] 水銀星球
- [ ] 銀河裡要搭便車的人
- [ ] 快要相撞的太空船
- [ ] 機器人牽著機器狗
- [ ] 1個拿著6杯飲料的外星人
- [ ] 嘲笑外星人的人類
- [ ] 雙翼飛機
- [ ] 土星上坐著外星人
- [ ] 看著1個外星人而哈哈大笑的地球人
- [ ] 外太空的紅綠燈
- [ ] 2個走在一起露著微笑的機器人
- [ ] 3個服務生機器人
- [ ] 登陸失敗
- [ ] 大熊星座
- [ ] 在書裡其他場景出現過的服裝
- [ ] 在天空飛舞的杯盤
- [ ] 海王星
- [ ] 奶瓶星座
- [ ] 1顆飄浮在空中的棕色排球
- [ ] 1個把1隻手插在口袋裡的藍色外星人

做個海盜

- [ ] 1個揮舞1把劍的女人
- [ ] 2個人相撞
- [ ] 被螃蟹夾到腳的海盜
- [ ] 1個躲在棕櫚樹上射擊的海盜
- [ ] 後座力強大的散彈槍
- [ ] 帶著4把手槍和1把劍的海盜
- [ ] 一群準備用餐的鯊魚
- [ ] 戴著眼罩的骷髏頭
- [ ] 微弱的炮擊
- [ ] 攀在大炮口外的腳
- [ ] 1座被人奉承的船首像
- [ ] 有3個人想打在自己前面的人
- [ ] 眨眼睛的骷顱頭
- [ ] 8隻手臂的生物
- [ ] 烏鴉的巢
- [ ] 把炮彈打回去的大力士
- [ ] 致命的一握
- [ ] 浴缸裡的船
- [ ] 空無一物的藏寶箱
- [ ] 載著壯漢的小船
- [ ] 被當作衝浪板的人

真是太神祕了！

除了找到威利和他的朋友們以外，
你們有沒有找到他們丟掉的所有東西呢？
你找到每一幅場景中都有出現的神秘伙伴了嗎？
這可能很困難，不過只要繼續找，
你最後就會找到「她」的。
（糟糕，不小心透露線索了！）最後還有一件事：
其中一個威利迷把帽子上的小絨球弄掉了。
你可以找出是哪個人，也幫他找到小絨球嗎？